셀카와 자화상

달아실
청소년시선
001

따뜻하고 명랑한
슬픔에 관한 이야기

셀카와 자화상

이운진
시집

달아실

시인의 말

조금 착하고 조금 불량하고
조금 많이 꿈꾸고 더 많이 그늘졌던
나,

그때도 혼자
지금도 혼자

슬픔이 나를 돌본다.

2020년 가을
이운진

차례

셀카와 자화상

시인의 말 05

1부

괜찮다 12

내 심장은 14

불량한 기억 15

내 마음의 북소리-사춘기 16

내성적 인간 18

혼자라서 20

후회 21

셀카와 자화상 22

욕만 들은 날 24

길고양이랑 나랑 26

어렴풋한 우울 28

나무를 안고 울었다 30

시간이 한 일 32

2부

슬픈 크리스마스   34

너무 없는 것 하나와 너무 많은 것 하나   36

질투는 외롭다   37

시험 전야   38

하이틴 로맨스   39

마음의 체급   40

첫 꽃이 핀 날   42

라디오 듣는 밤   43

자물쇠 일기장   44

돈이 뭐길래   46

종이 피아노   47

소풍날   48

새로 생긴 비밀   50

여름 방학   52

3부

나쁜 날 다음은 좋은 날 54

가장 하기 어려운 말 56

엄마 냄새 57

코로나 19의 봄 58

코로나 19의 여름 60

작은 풍경 61

예와 아니오 62

방문을 잠그면 63

닮았잖아! 64

달구경 66

빈집 68

분홍신의 꿈 70

강가에서 71

한 소년 72

4부

할아버지의 난전 74

별똥별 떨어지면 76

나는 77

마음을 찍는 사진사 78

그날의 함박눈 80

북극곰의 눈물 81

소녀상 앞에서 82

물 한 동이의 무게 84

실연의 맛 85

말 한 마디 86

그 숨소리 88

간격 89

해 질 무렵 90

에필로그 _ 이상한 사람으로 살아가기 91

1부

괜찮다

괜찮다는 말 속에는
괜찮지 않은 게 절반 이상이다

괜찮아 보여야 하니까
괜찮아 보이고 싶어서
혹은 괜찮다고 스스로 위로하기 위해서 하는 말이니까

누군가
젖은 쪽 얼굴을 돌리며 괜찮다고 말할 때
그 말은 우물 속보다 서늘해지고

괜찮다는 말은
아픔과 슬픔을 누르느라 무거워진다

가장 맑은 햇살에 두 눈을 말리며 하는 말
독기 품은 가시를 잘라낸 말

불덩어리를 삼키듯

울음을 삼키며
자꾸자꾸 생각하면

때로는
묘약처럼 마음을 세워주는 썩 괜찮은 말이다

내 심장은

내 심장은
쌀알 한 톨만 올려놔도 기우는 저울처럼 오락가락한다
아침에는 엽서 속 풍경 같은 날씨에 흔들리더니
졸다가 혼난 수업 시간 지나
성적표 받아 들면
젖은 걸레 같아지다가
좋아하는 옆 반 남학생 얼굴 보이면
구름을 담은 듯 가벼워진다
하루에도 수십 번
밀물과 썰물처럼 바뀌는 마음의 물결들
후렴처럼 맴도는 감정들에
기우뚱거린다
그 누구도
손으로는 움직일 수 없는
내 심장의 저울은
언제쯤 수평이 될까

불량한 기억

처음으로 반장 선거에 나갔다가 세 표를 받았을 때
친구들을 욕했다

수학여행에 입고 간 옷이 친구들보다 초라하게 보여서
며칠 동안 사진 찍기 싫었을 때
엄마한테 전화 한 통 안 했다

수십 번을 고쳐 쓴 고백의 편지에 거절의 답이 왔을 때
겁이 많고 마음이 얇아서
멀리 더 멀리
도망부터 갔지만

나중엔 모두 아름다운 추억이 될까?

내 마음의 북소리
― 사춘기

버스에서 우산을 잃어버린 일보다 큰일은 생기지 않았는데
둥둥둥
마음이 고동친다

어디서부터 시작된 울림일까
무엇이 내 마음을 두드리는 걸까

이것저것 쑤셔 넣어 가득 찬 서랍 같은 머릿속을 뒤져보아도
아무것도 찾지 못한다

사소한 감정에도 타오를 것 같은 심장을 만지다가
얼른 손을 뗀다

비밀을 간직했기 때문일까
어젯밤 꿈 때문일까

등 뒤의 어둠과
귀로 들을 수 없는 주파수의 말들

나무에 수액이 흐르듯 내 안으로 흐르면

누구도 말해주지 않았다고 아무것도 모르는 건 아니라고
둥둥둥
내 마음이 힘차게 뛴다

내성적 인간

고치 속에 들어 있듯
창문을 내려놓은 방에서
혼자
탐험을 한다

보이저 1호처럼
태양계 너머
완전한 어둠을 찾아간다

내 마음속 제일 깊은 곳
슬픔의 동굴에
상형문자를 그리고

지구 반대편
해가 지는 바닷가에서
긴 편지를 쓴다

그런데 어른들은 나만 보면

외향적인 사람이 돼야 한다고 말한다

가만히 혼자
별들의 소식을 듣는 게 좋은데
나를 발굴하는 게 더 좋은데

혼자라서

썩 나쁜 일은 아닐 거야

구름의 지도를 그리고
꽃이 피는 속도를 알았으니까

정확히 몇 시에 대추나무가 가장 곧게 서는지도 알게 됐으니까

내가 무엇이 될 수 없는지, 내 꿈은 왜 자꾸 무너지는지 생각하
다가

뒤늦은 질투에 부끄러워지는 일

봄볕 같은 감정들을

혼자가 아니라면 어떻게 알겠어

후회

책상 위를 기어 다니는 벌레를 잡아 변기에 넣고 물을 내렸다. 소용돌이 속으로 빨려 내려가는 걸 보니 안심이 되었다. 손까지 깨끗이 씻고 다시 책상에 앉았는데 팔다리가 많은 그 벌레 이름이 궁금해졌다. 지네는 아니고 돈벌레라고 했다. 15쌍의 다리를 가지고 다른 해충을 잡아먹으며 사람을 물지는 않는다고… 지식백과에 적혀 있었다.

벌레가 기어가던 자리를 물끄러미 바라보다가 미안해졌다. 백석 시인처럼 부드러운 종이에 받아 바깥에라도 버려줄 걸. 그러면 벌레는 먼지와 거미줄과 어둠에도 익숙해지고 내일을 보았을 텐데.

그 밤, 나는 벌레보다 나은 무언가를 고민해야 했다.

셀카와 자화상

프리다 칼로의 자화상은 무섭다
머리카락을 마구 자르고
검붉은 피가 흐르고
눈물이 뚝뚝 떨어진다
그런데 엄마는 이 그림이 아파서 좋다고 한다
무서운 영화는 싫어하면서
무서운 자화상은 왜 좋아할까

빈센트 반 고흐의 자화상은 슬프다
귀를 자르고 붕대를 감은 채로
낡은 모자 속 무표정한 눈빛으로
웃음을 잃은
고흐의 얼굴을 보면
엄마는 마음이 비워진다고 한다
왜 행복한 얼굴보다 슬픈 얼굴에 더 위로받을까

칼로와 고흐처럼
내 안에서 나를 보려면 용기가 필요하다고

엄마가 말한다

무슨 말인지 갸우뚱거리기만 했는데
셀카를 찍다가 어렴풋이 깨달았다

진짜 내 얼굴처럼 나온 못생긴 사진들은 모조리 지우고
나 아닌 것 같은 예쁜 사진에 뽀샤시를 해주는 섬세한 손길

그러나
온갖 것으로 치장한 모습 속에는
절대 꾸밀 수 없는 마음과 불안과 비밀이 그대로 있다

엄마가 말한 용기가 꼭 이것인지는 잘 모르겠지만
아프고 상처 난 자신을 그토록 오래 정직하게 바라보았다면
칼로와 고흐는 자신을 깊이 사랑했을 거라는 생각을 했다

욕만 들은 날

할머니는 내게 엄마 욕을 하고
엄마는 내게 할머니 흉을 봤다

미정이는 내게 영희 험담을 하고
영희는 내게 정숙이 욕을 했다

욕만 잔뜩 들은 나는
할머니도 밉고
엄마도 밉고
친구들도 다 미워서
괜히 가방을 차고
돌멩이를 걷어찼다

돌멩이 옆 민들레까지 걷어차려다
멈칫
발을 내려놓았다

조그맣게 부푼 씨앗 덩어리가

모든 방향을 바라보고 있었다

아주 멀리 날아갈 큰 바람을 기다리며
조용히 흔들리고 있었다

나는 민들레 곁을 지나
참새 한 마리에게 헛발질을 했다

그래도 나는 아무에게도 욕하진 않았다

길고양이랑 나랑

마음에 벌레가 가득 찬 것 같아
집에 들어가기 싫어서
어두워지는 놀이터
그네에 앉았다

가장 부드러운 미풍보다도 더 잔잔한 바람이
꽃향기를 데리고 왔다

무슨 꽃인지
어디서부터 왔는지 두리번거리다

감나무 밑
감꽃 떨어진 자리에 웅크린
길고양이랑 눈이 마주쳤다

길고양이도 나도
서로 할 말이 있는 듯 바라보았다
〉

회오리바람 같은 친구와 망친 시험과
아픈 동생이 미웠던 일들을
가만히 눈으로만 이야기했다

난데없이 우연히
내 속마음을 들은 길고양이가
작은 울음으로 답을 했다

오늘밤에도
숨소리 숨겨가며 찾아가는
어둠 뒤의 집이
사라지지 않기만을 바란다고,

희미한 별빛 속에서
멀어져가는 길고양이를 보며
나는 조금 더 슬퍼할 용기가 생겨났다

어렴풋한 우울

페이스북 친구가 이렇게 많은데
나의 봄은 왜 점점 외로워져갈까

주소록을 아무리 뒤져도
말하고 싶은 사람은 없고
햇빛도 마음까진 닿지 못하는 날

귀에는 들리지 않는
눈물방울이 떨어지는 소리
심장을 흔든다

그 누구보다 홀로인 마음
슬픔도 없이 울고 싶은 일을 어떻게 말할까

마치 다섯 번째 계절을 맞은 듯
물속의 거품 방울 안에 들어앉은 듯
무슨 말로도 변역되지 않는 하루
〉

모든 방향으로
내 안을 걸어보아도
비상구가 없는
마음은 얼마나 복잡한 미로인 걸까

나무를 안고 울었다

아무데도 이야기할 곳이 없어서
강가의 큰 나무를 찾아갔다

나무 그늘 아래 앉아서
나무 끝을 올려다보다가

나무에게도 말할 수 있는 혀가 있다면
이파리를 이렇게 많이 달진 않았을 텐데
궁금해졌다

한 자리에서
긴 세월을 지키는
나무의 시간은 얼마나 무거워서
해마다 그토록 많은 새잎을 내는가 싶어

거친 나무 밑동을 쓰다듬으니
귀로 들을 수 없는 말들이 바람에 흔들린다
〉

말해지지 않은 것
말 속에 숨어 있는 것
잘못 말해진 것에
상처 입은 나는

울 줄을 몰라 외로운
나무를 안고 가만히 울었다

시간이 한 일

히말라야산맥을 옮기거나
나일강의 물길을 북극으로 돌릴 수 없는 것처럼
내 마음도 그럴 줄 알았다

미움은 내내 밉고
슬픔은 내내 울고
사랑은 영원히 떨려서
변하지 않을 줄 알았다

그런데 미움은 슬픔이 되고
슬픔은 온기가 되고
사랑은 사라졌다가 기억으로만 나타났다

애드벌룬 같은 소문들
거짓말처럼
이슬 한 방울만 한 사건이 되었다

2부

슬픈 크리스마스

대학 시험에 떨어진 날은 크리스마스 이브였다
성탄 선물로 불합격 소식을 안겨드리고
죄인이 되었다

그날따라 눈은 얼마나 크고 하얗던지
몇 년 만의 화이트 크리스마스라고 했지만
우리 집에는 거센 바람만 불었다

섬돌 위의 신발들도 눈을 덮고 고요해지는 밤
하늘과 별의 온 무게만큼
슬픈 건 난데
제일 속상한 것도 난데
내 어깨를 다독이는 사람은 없고
마음껏 울지도 못해서
나는 함박눈 속에 묻혀버렸으면 싶었다

세상의 기쁜 소식을
눈은 얼어서 보지 못하고

귀는 얼어서 들리지 않으면 좋겠다고
내리는 눈 속에 서서 생각했다

가슴속에서
눈물이 부싯돌처럼 단단해지던 크리스마스
그날 난
체온만큼의 온기가 필요했다

너무 없는 것 하나와 너무 많은 것 하나

어느 날은
꿈이 하나도 없다가
어느 날은
꿈만 가득하다

질투는 외롭다

백일장에서 친구가 나보다 더 큰 상을 타고 조회 시간에 친구 이름이 불릴 때 쳐다보지 않았다. 폭발하는 별처럼 큰 박수 소리가 듣기 싫어서 운동장 구석 벤치에 몸을 구겨 넣었다. 마닥 가득 떨어진 목련 꽃잎을 발로 뭉갰다. 누렇게 찢어진 꽃잎이 수북해질 때까지 나를 찾는 사람은 없었다. 그곳은 지구와 천왕성만큼이나 멀리 떨어진 듯, 우주의 어둠처럼 마음이 까매졌다. 벤치 뒤 목련나무는 하얀 꽃잎을 자꾸 떨구었다. 나무도 큰 상을 탄 친구에게 박수를 보내는 것일까. 나는 갓 떨어진 꽃잎을 주워 눈을 덮고 누워버렸다. 조회를 마치고 목련나무 사이로 떠들며 몰려가는 친구들의 웃음소리,

이럴 땐 웃음이 눈물보다 슬프다.

시험 전야

시간이 달음질친다

수학 국사 생물 시험 범위만 확인했는데

하늘엔 별들이 얼굴을 내밀고

집을 짓던 새는 깊은 잠이 들었다

아직 기적을 본 적 없는데

내일이 오지 않는 기적을 꿈꾸는 시간

뉴스도 과학 다큐멘터리도 재밌어지는 마법의 시간

시험 전날엔 지구가 빨리 도나보다

하이틴 로맨스

친구한테 빌린 책 한 권
엄마 몰래 읽다가
서랍 속에 넣어두고 학교 오면
하루 종일 걱정된다

청소하다가 찾아내면 어떡하나
들키면 엄마 얼굴 어떻게 보나
걱정하다가도
읽다 만 다음 이야기가 더 궁금해진다

수업 시간에도
밥상 앞에서도
잠자리에서도
아무리 딴생각을 해도 자꾸 떠오르는 문장
'그와의 키스는 솜사탕 같았다'

몇 날 며칠
머릿속에서 온갖 색깔의 솜사탕을 녹이며
운명의 여주인공이 되어본다

마음의 체급

친구랑 싸우고
괜히 고집을 꺾기 싫어
짐짓 더 화가 난 척하던 날

나무가 햇살이 앉을 자리를 비워놓듯
친구가 내 자리를 비워놓고
점심을 먹는다

구석에 혼자 앉아
맛없는 밥을 먹다가
흘깃 쳐다본 순간
눈이 마주쳤다

도둑질하다 들킨 사람처럼 놀라
눈길을 피하는데
가만히 웃어주는 친구

키는 내가 훨씬 더 큰데

마음의 키는 친구가 몇 배 더 큰가보다

식판에 고개를 박고
부끄러움을 감추며
마음에도 체급이 있다는 생각을 한다

첫 꽃이 핀 날

흰 눈이 내린 아침
눈처럼 하얀 요 위에 핏방울이 살짝 번져 있다

누가 볼까봐 벽에 등을 붙이고
화장실로 달려가서
바지를 벗어 보았다

속옷에 번진 빨간 피
칸나보다 장미보다 붉은
지금까지 내가 본 가장 빨간 색

열일곱의 겨울
조금 늦게 핀
나의 첫 꽃은

소녀도 여자도 아닐까봐
혼자 걱정하던 마음만큼
아프게 붉었다

라디오 듣는 밤

　나의 첫 습작은 라디오에 신청곡과 함께 적어 보낸 짤막한 사연의 엽서들이었다. 친구의 연애사와 동생의 장난 많은 학교생활을 훔쳐다 온갖 말로 꾸며서 보내곤 했다. 달빛의 냄새와 별이 내는 숨소리도 한 줄 끼어들고 절망도 모르면서 절망의 눈물을 흥건하게 보내기도 했다. 책갈피에 꽃잎을 끼워두듯 마음에 끼워두었던 이야기를 풀어놓은 다음엔 후회의 쓴맛도 배웠다. 어떤 외로움은 밤비와 잘 어울려서 잠을 잊은 채 아침을 맞았고 사막에서 나오는 사람처럼 입술이 메말랐다. 밤마다 내 이름이 라디오에서 나오길 기다리며 한때 나는 가볍고 용감하게 살았다. 그때 나는 삼인칭으로 일기를 쓰고 있었다.

자물쇠 일기장

일기장 검사 때문에
미운 친구 이야기는 쓰지 못하고

엄마 때문에
엄마가 읽어도 좋을 만큼
거짓말을 쓰다가,

저녁 바람을 닮은 소년을 위해
북극성 아래 몰래 했던 기도들

가방보다 무거운 꿈과
마음이 내지르는 비명까지

다 말하고 싶어서
자물쇠 일기장을 샀다

거짓말이 두꺼워지지 않게
비밀은 비밀인 채로 남아 있게 하고 싶다
〉

아주 먼 훗날
비밀이 아니게 될 때까지
자물쇠로 꼭 잠가두고 싶다

돈이 뭐길래

아빠는 버스 정류장 두 개를 지나 골목길 끝 조그만 슈퍼에 가서 맥주를 산다. 엄마는 시장을 한 바퀴 다 돌고나서 제일 싼 가게에서 콩나물과 두부를 산다. 아빠는 천 원이나 싸게 샀다고 좋아한다. 엄마는 오백 원을 벌었다고 자랑한다.

친구랑 학교 끝나고 편의점에 들어갔다가 좋아하는 가수의 새로 나온 굿즈를 보았다. 망설일 것도 없이 그 멋진 얼굴이 박힌 교통카드와 우산이 사고 싶어서 지갑을 꺼냈는데 이천 원밖에 없었다. 친구한테 돈을 빌려서 계산을 하려는데 문에 붙은 광고지가 보였다. 맥주 4캔에 오천 원. 나는 얼음처럼 잠시 서 있다가 스타 굿즈를 제자리에 가져다놓고 무거운 걸음으로 그곳을 나왔다. 굿즈를 사도 굿즈를 사지 않아도 불편한 이 마음.

아, 도대체 돈이 뭐길래.

종이 피아노

내 피아노는
별빛만 반짝이는 한밤중에도 칠 수 있다

건반이 모자라도
엘리제를 위하여를 연주할 수 있고

손가락이 엉켜도
틀린 음이 들리지 않는다

무대에 올릴 수 없는
제일 깊고 낮은 음으로
눈물의 찬가를 치고 싶을 때

서랍에서 꺼내
책상 위에 올려놓으면
멋진 그랜드 피아노가 되어

검은 밤과 하얀 꿈을 무한히 펼쳐준다

소풍날

하필이면 소풍날
엄마가 늦잠을 자서
초라한 김밥을 들고 학교엘 갔다

어떻게 소풍날
늦잠을 잘 수 있을까 원망하며

햄과 계란만 든
식은밥으로 싼 김밥이 부끄러워
점심을 굶었다
배 아프다고 거짓말하고
도시락을 꺼내지도 않았다

흙발로 마음을 밟힌 듯
헐렁한 김밥 속처럼 자꾸 서러워지는 마음을 숨기려고

날개를 다친 새처럼
나무 그늘 깊숙이 파고들어
〉

가지가 휘도록 하얗게 핀 아카시아
달큰한 향기만 가득 마셨다

새로 생긴 비밀

작은 오해가 생겨 친구와 멀어졌다
문자도 보내고 전화도 하고 편지도 썼는데
눈빛도 주지 않았다

솔직하게 말할수록 더 거짓말 같아지고
마음만 공허해져버렸다

애원하는 듯한 눈동자며
고향이 다른 말투와 무거운 가슴속
둥근 필체까지 좋아했는데

바람에 구름이 물러가듯
친구가 사라지고
내 그림자와 나란히 걷는 하굣길

깊은 우물 바닥처럼 슬플 줄 알았는데
명랑한 슬픔이라니!
〉

만약 나중에라도 친구와 화해해도
이것만은 비밀로 해야겠다

여름 방학

새벽달처럼 혼자 깨어
게임하고 영화 보고
친구랑 문자로 수다 떨다가
희뿌옇게 터오는 먼동 속에서
때꾼한 눈으로 꿀잠에 들었는데

동생이 벌컥
엄마가 벌컥
문을 열고
꿈속까지 들리도록 나를 부른다

이 방에서 저 방으로
잘못 들어온 비둘기처럼 쫓겨 다니며
평화를 찾아보지만

엄마의 잔소리는
7년을 기다린 끝에
이제 막 울어대기 시작한 매미 소리 같다

3부

나쁜 날 다음은 좋은 날

마음은 바람 맞은 머리칼처럼 뒤엉켜 풀 수 없고
엄마는 하루 종일 한숨만 쉬고
아빠는 일 걱정에
행복의 공기가 희박한 곳

붙잡을 수 없는 그림자를 쫓아다니느라 강아지마저 바쁜 날
간신히 잡아 탄 버스에서 싸운 친구를 만났다

차창 밖의 세상은 편을 나눠 서로 울부짖고
무너질 것 같은 하늘에는 해도 달도 별도 보이지 않는다

나는 잘못된 지도를 가지고 길을 나선 여행자처럼
낯선 동네 골목길을 바늘땀 같은 발자국을 박으며 헤매고
커다란 눈물방울로 신발의 먼지를 씻다가

긴 배고픔보다 슬픈 바람 속
익숙한 목소리가 없어서 더 외로운 풍경을 빠져나와
다친 새처럼 집으로 돌아간다
〉

내일이 나를 기다리므로
나쁜 날 다음은 좋은 날일 거라고 믿으며

가장 하기 어려운 말

토라진 친구에게는 문자로
"싸랑해~"
라고 보내고
팬 카페 게시판에는
"오빠 사랑해요~"
라고 쓰고
옆 반 남학생을 생각하며 일기장에는
"I love you"
라고 몰래 적어놓는데

엄마 아빠에게는
이 말 하기가 왜 이렇게 어려운지
한 번도 하지 못했다

엄마 냄새

조그만 아이가 엄마를 껴안고 엄마 냄새 맡으니까 눈물이 도망
갔다고 말하는 텔레비전 장면에 문득 가슴이 죄어왔다. 그 순간,
우리 엄마 냄새는 무얼까. 코보다 먼저 머리가 냄새를 찾아다녔다.

옛집 마당 햇살에 졸아드는 간장 냄새와 국화 향기가 섞인 것
일까, 부뚜막에 삶아놓은 하얀 행주 냄새와 비슷할까, 무슨 로션
을 바르는지 모르지만 로션 냄새가 엄마 냄새일까. 아무리 애를
써도 엄마 냄새를 떠올릴 수가 없었다. 엄마를 부둥켜안고 울어
본 적도, 등을 붙이고 잠들어본 적도, 엄마 무릎에 누워본 적도 없
는 내가 어떻게 엄마 냄새를 알까마는 몇 날 며칠 엄마 냄새를 기
억해내려고 가슴이 아팠다.

엄마 냄새를 가슴에 배게 할 수 있다면 청국장을 띄우듯 엄마
옷을 둘둘 말고 사나흘쯤 나를 익힐 수도 있을 텐데… 슬픔을 잊
게 하는 엄마 냄새를 나는 왜 모르나, 엄마는 내 냄새를 알고 있
을까.

코로나 19의 봄

여태까지는
학교 가기 싫은 날만 있었는데

집에서 수업 듣고
집에서 숙제하고
집에만 있으니
학교 생각뿐이다

교복도 안 줄이고
화장도 안 하고
청소 당번 날 도망도 안 갈 텐데

오늘도 학교 교문은 꽉 닫혀 있다

맨날 혼내는 담임도 보고 싶고
잘난 척하는 짝도 보고 싶고

등나무는 향기를 다 어떻게 했는지

운동장 농구대는 고요를 어떻게 참는지
모두 궁금하다

학교가 닭장 같다고 했던 말
취소해야겠다
가끔은 꽃밭일 수도 있겠다

코로나 19의 여름

할아버지도 이런 세상은 처음 본다고 했다
팔십 년 동안

엄마도 이런 세상은 처음이라고 했다
오십 년 동안

동생도 늦잠보다 등교가 좋은 건 처음이라고 했다

나도 처음으로 온 세상을 위해 기도하다가

사람들이 이토록 슬픈데
하늘은 눈부시게 푸르러서
처음으로 허공에 종주먹을 들이댔다

작은 풍경

비 온 후 달팽이가 지나간 자국 옆에 풀꽃이 기울어져 있다

달팽이가 먹고 간 연한 풀잎에 물방울이 맺혀 하늘이 담긴다

구름도 물방울 속에서 흘러간다

꽃에 머물던 빗방울이 떨어지는 소리

땅속의 벌레들을 깨우고

지난해와 같은 날에 풀꽃의 씨앗이 익어간다

무쇠 같은 햇볕이 나오기 전

바람이 모든 것을 맑게 씻어놓는다

예와 아니오

게임 그만해라!
엄마의 잔소리에
예—

숙제 다했어?
친구가 물으면
아니—

성적표 보여드렸니?
선생님이 물으면
예—

얼굴 맘에 들어?
거울 속의 나에게 물으면
아니—

예는 거짓말이고
아니오는 참말이다

방문을 잠그면

아무것도 설명하고 싶지 않은 날이 있다
바람 한 줄기도 들여놓고 싶지 않은 그런 날
검은 방안에 검은 그림자가 되어
검은 글씨만 휘갈기고 싶은 날

방문을 잠그면

방 하나의 어둠과
방 하나의 외로움과
방 하나의 고요
깊어진다

먼 하늘의 햇살이 식어가고
내 마음과 화해할 때까지
천사들도 때론 서로 미워하는지
괜한 걱정을 하게 될 때까지

벽은 조용히 나를 감싸 안아준다
비밀스러운 갑옷처럼

닮았잖아!

싸우고 난 뒤
네가 말했지.
우린 성격도 다르고
좋아하는 과목도 노래도 다르고
잘 먹는 음식도 다르고
거짓말의 방식도 다르다고.
PC방과 서점만큼
그늘과 양지만큼
산과 바다만큼
다르고
달라서 모르는 것 같다고.

하루 종일 생각한 뒤
내가 말했지.
너랑 난
숨바꼭질을 하면서 들키지 않게 해달라고 비는
기도가 닮았고
빈 조개껍데기 같은

쓸쓸한 마음이 닮았잖아!

달구경

학원 마치고 집에 가는 길

밤이 밤을 뒤따를 뿐
사람 하나 없는
캄캄한 밤길을 걷다가
하늘을 보았다

까만 하늘에 혼자 떠 있는 보름달

가던 길을 멈추고
공터 벤치에 앉아
달구경을 했다

밤이 덮어주는 포근한 이불처럼
빌딩도 나무도
작은 새와 쓰레기통도
달빛에 싸여
낮은 숨을 쉬는 시간
〉

시험 날짜를 세던 마음으로
차고 이지러지는
달을 그려본다

바라볼 수는 있지만 닿을 수 없고
생각할 수는 있지만 가질 수 없는
동그란 달이
풀어진 운동화 끈을 비추고
가만히 웃어준다

달처럼
나도 웃어본다
물웅덩이 같은 눈에 달빛이 고인다

빈집

양탄자처럼 바닥에 깔린 햇빛 위에 벌렁 누웠다
베란다 창문 너머
하늘 길을 찾아가는 새 한 마리
작은 점처럼 보였다

어디까지 가는 걸까
누구한테 가는 걸까

햇빛이 눈을 덮어주는 오후
빈집은 무섭도록 고요해서

어디로든 가고 싶은 마음
누구라도 말하고 싶은 마음

핸드폰만 만지다가
멀리 날아간 새가 돌아오길 기다린다

창문 너머

어둠이 올 때까지
발자국 소리가 들릴 때까지

분홍신의 꿈

춤추는 사람이 되고 싶었다
분홍 토슈즈를 신으면
어디든 사뿐사뿐 날아갈 것만 같았다

조그만 시냇물과 산골짜기를 벗어나 훨훨
얼굴 찡그린 가족들에게 손 흔들며 나풀나풀
먼 세상으로 갈 수 있을 듯했다

푸른 달빛 아래
백조가 되고 지젤이 된다면 얼마나 좋을까

매일 밤
본 적도 없는 토슈즈를 신고 끈을 묶으며
춤을 추었다

춤추는 동안
슬픔은 스무 가지 다른 빛깔이 되어 반짝이고
나는 꿈의 모서리 위에서도 흔들리지 않았다

강가에서

엄마한테 혼나고 집을 나왔는데
갈 데가 없어서
강가에 혼자 앉아

강물 속에 들어앉은 빌딩들
그 사이를 오고가는 물고기들
가만히 들여다본다

물에 흠뻑 젖은 제비꽃으로 꽃다발을 만들고
공책을 찢어 종이배를 접어 띄우고
팔이 아프도록 물수제비를 떠도
햇살은 아직 기울지 않는다

나무 그림자마저 내가 미워하는 사람을 닮은 날
고양이 발톱으로 긁어놓은 것같이 아픈
내 마음을
찌르르 뀌르뀌르
풀벌레가 대신 울어준다

한 소년

한 소년이 있었네
첫 연애편지의 첫 문장을 쓰던 밤
편지지 위의 말은 글자가 아니라 숨결이었네

내 마음에 만들어진 우주였고
슬픈 시였던
한 소년

내가 가진 밤을 다 써도
완성하지 못할 편지를 쓰던 밤

별 하나 별 둘 반짝이며 뜨는 동안
잠이 들면
바람이 문장을 다듬어주었네

꿈속에서라도
가만히 잡고 싶은 손이 있어
아침을 기다리지 않았네

4부

할아버지의 난전

버스 정류장 뒤편 그늘 깊은 곳
나이 많은 할아버지가 난전을 연다
보자기만 한 상자를 깔고
실타래, 바늘과 옷핀, 구두주걱, 빨강 노랑 때수건, 까만 고무
줄, 밥상보
하루 종일 팔아도
국밥값도 안 될 것 같은 물건들을
가지런히 늘어놓는다
그리고 헌 신문지를 여러 번 접어 만든 방석에 앉는다
구름이 지나가고 꽃이 지나가고 바람과 눈이 지나가는 동안
늘 같은 자리에서 같은 물건을 판다
나는 아주 가끔씩 무명실을 샀고 바늘 한 쌈을 샀고
할아버지가 파는 모든 물건을 차례로 다 사왔다
크게 쓸 일도 없는 물건을 사는 동안
할아버지와 나눈 이야기는 없었다
한참 만에 그곳을 지나가다가
등이 더 굽어지고
머리가 더 듬성해진 할아버지의 난전이 보이면

괜스레 마음이 놓인다
오늘은 다시 바늘과 실을 사야겠다
우리 집에는 세상의 옷을 다 기워도 될 만큼
바늘이 많아질 것이다

별똥별 떨어지면

우주의 한 조각 소식을 안고
밤의 입구를 지나
마지막 불꽃
떨어지면
수만 개의 소원과 꿈들
지상에서 하늘로 다시 올라가
어둠 속에 새겨진다

나는

엄마는 나에게 엄마의 꿈을 심는다
계절마다 화분에 새 꽃을 심듯
새로운 꿈을 자꾸 심는다

아빠는 나에게 아빠의 희망을
폭포처럼 폭우처럼 쏟아붓는다

나는 꿈과 희망이 넘치고 넘쳐
슬프다

나는 내 것이 아니다

마음을 찍는 사진사

우기에 사진을 잘 찍는 요령은 자신도 비에 젖는 것이라고
어느 유명한 사진작가의 말을 읽다가
문득 누군가의 마음에 젖으면 그 마음도 찍을 수 있을까 생각
한다

세상의 속도를 벗어나
천천히 느리게 자라는 아이들
맑고 애처로운 눈빛에 담긴 마음을 찍어주고 싶다

겹겹이 덮고 있는 아픈 시선들을 벗겨내고
얼마나 하고 싶은 일이 많은지
얼마나 하고 싶은 말은 많은지
얼마나 크게 상처받고 외로운지
선명하게 찍어주고 싶다

그 어떤 숲보다도 꽃이 많고
그 어떤 책보다도 이야기가 가득할
마음 깊은 곳을 찍어

구름과 같이 하늘에 걸어두면

어느 날
눈송이와 빗방울로 나를 젖게 하지 않을까
사람들도 촉촉이 젖어
그 마음 다 찍을 수 있지 않을까

그날의 함박눈

미뤄놓았던 말을 한꺼번에 하려는 사람처럼 펑펑 쏟아지는 눈을 보며 생각한다

커다란 허공을 빽빽하게 채울 수 있는 게 눈 말고 뭐가 있을까

눈 위에 눈 위에 또 눈이 쌓이는데도 밑에 있는 눈송이가 다치지 않는 사랑의 무게를 가진 건 뭐가 있을까

그처럼 가벼운데도 우지끈, 나뭇가지를 부러뜨리는 힘은 어디서 나올까

통통한 눈송이를 온몸으로 맞고 서서 나는 머리와 가슴만 있는 눈사람이 되어간다

눈 오는 날에는 그 어떤 것도 마음의 변명이 되지 못한다

북극곰의 눈물

새싹이 파릇한 초원에서는 살지 못해요
푸른 바다
하얀 얼음
차가운 바람이 우리를 키워요

해가 지지 않아
밤이 밝은 곳
오로라가 너울대는 얼음 벌판이
우리의 고향이에요

아름다운 이곳에서
고독과 얼음의 방랑자로 살고 싶은데
누구에게 기도를 해야 하나요

지구의 가장 북쪽
얼음이 모두 사라지면
우리는 어디로 가야 하나요
그대들은 어디로 가나요

소녀상 앞에서

겨우 내 나이였다

운명이란 어려운 말로도 설명할 수 없고
꿈이라는 말은 더더욱 낯선 소녀였던 그녀들

절대로 길들여지지 않는 곱슬머리를 걱정해야 하는 그런 나이
였고
풋내기 연애질의 해피 엔딩을 꿈꿀 나이였고
무조건 나이고 싶어 할 그 나이였는데

소녀였던 그때
슬픔을 말하지 않기 위해
얼마나 수없이 강물과 별을 바라봤을까
절망을 참기 위해
얼마나 간절히 그리운 얼굴을 간직했을까

너무 늦은 일이겠지만
수만 수억 년을 변함없이 찾아와준 일몰 속에서

나는 소녀의 차가운 손을 잡고
심장으로 꼭 껴안아준다

물 한 동이의 무게

4km 고독한 길을 지불하고 얻은 물 한 동이에는
4km 아프리카 태양 빛의 값이 들어 있다
가장 가난한 소녀가 지고 있는
여덟 가족의 생의 냄새가 출렁인다

그곳에서부터 일만 킬로미터 멀리 있는
나는 물 한 병에 오백 원의 값을 치른다
하지만 씹을 수도 없이 질긴
삶의 내력 같은 건 빠져 있다

투명하게 푸석거리는
물을 먹다 말고 버린다

아홉 살 아프리카 소녀의 물 한 동이를
미안함도 없이 흘려보낸다

오늘도 나는 시리고 맑은 물 한 방울의 순도를 모른 채
망설임 없이 슬픔을 소비한다

실연의 맛

검은 심장이 죄어들지 않고는
떠올리지 못하는 이름 하나 있어서

내 모든 밤은 하얀 밤이 되어간다

세상의 어떤 마술사도 어떤 태양과 어떤 노래도
그 눈빛을, 그 부드러운 목소리를
다시 돌아오게 할 수 없어서

내 모든 날은 흐린 날이 되어간다

우리가 보던 하늘은 다른 곳에 가 있고
우리가 걷던 길은 사라져버리고

내 모든 기억은 고장 난 시계처럼 멈춰 있다

말 한 마디

엄마가 떠준 빨간 스웨터는 잊었는데
동생 편을 들었던 엄마 말은 기억한다

졸업식 날 선생님께 선물로 받은 책은 어딨는지 몰라도
성적표 받을 때마다 대학 가겠냐던 그 말은 아직 남아 있다

말의 가시가 박힌
미움은 사랑보다 기억력이 더 좋은가보다

그런데
콘크리트처럼 굳은
마음을 부수는 것도
결국
말 한 마디

– 사랑해!

못 들은 척 꿈쩍 안 해도

연한 햇빛을 받은 새순처럼
심장이 간지러워진다

그 숨소리

매일 밤 내가 자는 척할 때 들리던 그 소리
엄마 아빠의 깊은 한숨
만년설처럼 쌓인 고단한 숨소리

가끔씩 착하게 굴고 싶지 않을 때에도
내 귀에서 다시 들리는 그 숨소리

양심 앞에서 망설일 때도
울음에 등을 돌리려 할 때도
나를 때리는 그 숨소리

삶의 허공을 끌어당기는
그 숨소리가 이제
내 몸이 되어간다

간격

자유롭게 흘러갈 수 있도록
구름과 구름이 흩어져 있는 만큼

서로의 그늘을 밟지 않도록
나무와 나무가 떨어져 서 있는 만큼

아무도 잴 수 없지만
빗줄기와 빗줄기 사이만큼

너와 나
마음과 마음도
간격이 있어야겠다

보이기 싫은 눈물을 감출 수 있을 만큼
가끔은 미워하는 소리가 들릴락말락할
꼭 그만큼만

해 질 무렵

저 하늘의 어디까지 들어가야 다른 하늘이 나올까

석양을 보면

영원히 오지 않을 누군가를 기다리고 있는 기분

친구의 서운한 말도 엄마의 무심한 눈빛도 현기증 나는 걱정도

눈앞으로 밀어닥치는 붉은 빛에 녹아버리고

이제 막 신의 손에서 만들어진

벨벳 같은 하늘 아래서

바람에 눈물이 마르는 일은 따스하고 슬프다

이상한 사람으로 살아가기

"넌 참 특이하다."

어릴 때 나는 이 말이 싫었다. 선생님도 가족들도 친구들도 하나같이 하는 말. 그나마 좋은 말로 '이상한' 대신 '특이한'이라는 작은 배려를 담아 하는 말. 그럴 때마다 나는 남들보다 좀 더 큰 키도 싫었고 비가 오면 부슬부슬해지는 곱슬머리도 싫었고 숫기 없는 성격과 노래를 잘 부르지 못하는 것도 싫었고 까무잡잡한 피부도 싫었다. 거울 앞에 서서 이 모든 것을 확인하는 것이 싫어서 소녀였던 내 방에는 거울이 없었다.

나를 특이하게 만드는 것이 실은 엉뚱한 나의 생각과 뿔같이 단단한 고집이라는 것을 그때는 미처 몰랐다. 무엇보다 내가 친구들과 다르게 보인 것은 내 안에 깃든 이해할 수 없는 조숙한 우울 때문이었음을 그땐 누구도 알지 못했다. 고무줄놀이나 인형

놀이보다 마당의 개미집과 지붕 위로 흐르는 구름을 더 좋아했던 취향도 한몫을 했다. 마음은 약하면서 상상력은 풍부했던 내성적인 기질마저 특이함으로 묶여서 난 늘 특이했고 특이해서 유별나 보였던 것이다.

아이들의 세계에서 감수성이 예민한 아이가 친구들과 자신이 다르다고 느낄 때, 얼마나 고민하는지 부모님과 어른들은 잘 알지 못한다. 그래서 아직 심장보다 볼이 더 붉었던 그때, 나는 남들과 다른 것이 잘못인 듯해서 그것을 들키지 않으려고 애쓰느라 힘들었다. 명랑해지려고, 착한 딸과 좋은 친구가 되려고, 다른 성격이 되려고 애썼던 나는 남의 집 지붕 밑에 숨어들어간 고양이 같은 느낌이었다. 그대로인 나와 나인 것처럼 꾸민 나 사이의 간극이 마음을 무겁게 했다. 그럴 때마다 빈방에서 『빨강 머리 앤』을 읽었다. "나는 나 아닌 다른 사람이 되고 싶은 생각은 결코 없어"라는 앤을 보며 나보다 열 배는 더 특이한 앤처럼 어떤 상황에서든 씩씩해지고 싶었다. '앤처럼 앤처럼' 이 말은 한때 나의 주문과도 같았다.

하지만 세상의 눈은 마음의 안자락보다 키가 자라고 몸이 변하는 것을 먼저 축하하고, 나침반이나 풍향계로 표시되지 않는 마음의 방향이 얼마나 많은지는 헤아려주지 않았다. 어른들은 인생에 대한 빛나는 호기심으로 큰 꿈을 꾸라고 말하면서도, 가슴속에 어떤 물결이 지나가고 어느 곳에 상처가 생겼는지 언제 슬프고 외로운지 묻지는 않았다. 그렇게 묻혀버린 마음들이 긴 그림자가 되어 나를 뒤따라 다녔다. 십대 때보다는 인생의 모순이 훨씬 받아들이기 쉬워진 그 후로도 그림자의 무게에 걸음이 느려지곤 했다.

이 시집의 글들은 그렇게 시작되었다. 오래전 아무도 다독이지 않았던 내 마음들을 조용히 포용해주고 싶었던 것이다. 그리고 만약 소녀였던 나처럼 나무를 안고 우는 이가 있다면 먼저 지나간 내 그림자에 마음을 기대어보라고 귓속말을 해주고 싶었다. 내가 가장 애틋하게 간직한 기억들이 서툰 위로의 말보다 더 가까이 다가갈 수 있기를 바랐다. 그러는 동안 마음은 또 오래 견딜 힘을 얻을지도 모르니까. 우리 안에는 우리를 따뜻하게 해주는 슬픔이 있다는 것을 알게 될지도 모르니까.

물론 나는 여전히 특이한 사람이다. 부끄러움도 그대로, 가는 손목과 곱슬머리도 그대로, 불안한 심장과 숱한 단점도 그대로이다. 기진맥진한 수다보다 흰 구름이 좋은 것도 그대로이고 노을 앞에 걸음을 멈추는 것도 똑같다. 조각조각 찢어지고 부서졌다가 다시 붙여놓은 마음들과 전혀 근사하지 않은 삶의 흉터도 그대로 남아 있다. 하지만 딱 하나 바뀐 것이 있다면, 정신의 가냘픈 반항을 멈추고 거울 속의 나에게 이제는 이렇게 말할 수 있다는 것이다. 꿈꿔오던 목적지의 멋진 주인공이 되지 못한 나 자신에게, 혼자의 방식으로 세상을 만나는 나에게 만족한 표정으로 말한다.

"그래, 나 많이 이상해! 어때서?"

달아실 청소년시선1

셀카와 자화상

1판 3쇄 발행	2021년 10월 30일
지은이	이운진
발행인	윤미소
발행처	(주)달아실출판사
책임편집	박제영
디자인	전형근
마케팅	배상휘
법률자문	김용진
주소	강원도 춘천시 춘천로 17번길 37, 1층
전화	033-241-7661
팩스	033-241-7662
이메일	dalasilmoongo@naver.com
출판등록	2016년 12월 30일 제494호

ⓒ 이운진, 2020
ISBN 979-11-88710-82-9 43810

* 이 도서의 국립중앙도서관 출판예정도서목록(CIP)은 서지정보유통지원시스템 홈페이지
  (http://seoji.nl.go.kr)와 국가자료공동목록시스템(http://www.nl.go.kr/kolisnet)에서 이용하실
  수 있습니다.(CIP제어번호 : CIP2020041913)
* 잘못된 책은 구입한 곳에서 바꿔드립니다.
* 책값은 뒤표지에 표시되어 있습니다.